ERA UMA VEZ UMA
MAÇÃ QUE CAIU...

Maria Teresa Thomaz

ERA UMA VEZ UMA MAÇÃ QUE CAIU...

2024

Copyright © 2024 Maria Teresa Thomaz

Editores: José Roberto Marinho e Victor Pereira Marinho
Projeto gráfico: Natalia Kipnis
Ilustração: Natalia Kipnis

Texto em conformidade com as novas regras ortográficas do Acordo da Língua Portuguesa.

Dados Internacionais de Catalogação na Publicação (CIP)
(Câmara Brasileira do Livro, SP, Brasil)

Thomaz, Maria Teresa

    Era uma vez uma maçã que caiu-- / Maria Teresa Thomaz. -- 1. ed. -- São Paulo : LF Editorial, 2024.

    ISBN 978-65-5563-467-9

    1. Física 2. Histórias em quadrinhos I. Título.

24-214275   CDD-741.5

Índices para catálogo sistemático:

1. Histórias em quadrinhos 741.5

    Aline Graziele Benitez - Bibliotecária - CRB-1/3129

Todos os direitos reservados. Nenhuma parte desta obra poderá ser reproduzida sejam quais forem os meios empregados sem a permissão da Editora.
Aos infratores aplicam-se as sanções previstas nos artigos 102, 104, 106 e 107 da Lei Nº 9.610,de 19 de fevereiro de 1998.

Impresso no Brasil | Printed in Brazil

LF Editorial
Fone: (11) 2648-6666 | Loja do Instituto de Física da USP
Fone: (11) 3936-3413 | Editora
www.livrariadafisica.com.br | www.lfeditorial.com.br

Agradecimentos:

Agradeço a todas as crianças e adolescentes que assistiram as minhas palestras "Era uma vez...". O olhar atento acompanhado de perguntas criativas e desconcertantes que me fizeram ao longo de todos esses anos. Agradeço ao meu eterno orientador H. Moysés Nussenzveig por ter me transmitido a importância de termos paixão pela Ciência. A professoras e professores, a diretoras de escola e a Secretarias Municipais de Educação que acompanharam essas minhas apresentações das palestras "Era uma vez...". Um agradecimento especial a Germano Monerat que por muitos anos insistiu muito para que eu transformasse essas palestras em livrinhos para os nossos futuros cientistas.

O caminho só se realiza quando encontramos companheiras e companheiros que nos auxiliam a realizá-lo. Obrigada à Ruth Bruno e Priscila Thomaz pela revisão do texto e comentários críticos sobre o seu conteúdo. Obrigada à Natalia Kipnis que deu a forma final do livrinho que vocês estão lendo. Obrigada à Editora Livraria da Física, na pessoa do José Roberto, que aceitou a aventura de colocar o livrinho: "Era uma vez uma maçã que caiu..." disponível a todos vocês. Finalmente, obrigada a você que leva este livro a um futuro cientista.

Profa. Tetê

Dedico esse livrinho aos meus afilhados Arthur, que me fez escrever a primeira história "Era uma vez...", e Fernanda, que me mantém criando novas histórias.

Ele também é dedicado a todas e todos que são eternas crianças curiosas e acham importante saber os **porquês**.

Eu sou a Profa. Tetê,

Eu gosto muito de **entender** as coisas que ocorrem em torno de mim.

Eu sou **curiosa** e uso a **pergunta dos cientistas:**

POR QUE?

Para **aprender** mais.

Não basta me dar a resposta certa.

Eu preciso saber **PORQUE** é a resposta certa.

POR QUE? POR QUE? Por que? POR QUE? Por que?

Eu te convido a entender o **porquê** de os bebês não caminharem assim que nascem.

Por que você tem que ter cuidado ao caminhar para não levar um tombo e cair no chão, na superfície da Terra?

Vemos, na televisão e na internet, várias heroínas e vários heróis que voam.

Olhe a SuperProfa, voando para salvar uma caixa de livros que cai da janela de um edifício,

A caixa de livros...

CAIU!

SuperProfa!

Obrigada SuperProfa!

Você salvou meus livros!

É possível voar de verdade? Cuidado: a SuperProfa só voa no desenho. **Ela não voa de verdade!!!** Você tem certeza da sua resposta?

A gente sabe que o pássaro, o avião e o helicóptero voam.

Por que eles conseguem voar?

Pássaro

Os pássaros têm que comer para ter força para bater suas asas. É importante sempre comer bem...

Avião

Para voar, o avião precisa de asas, motor e querosene.

Helicóptero

O helicóptero precisa de pás, de motor e de querosene para voar.

A gente consegue voar **sem** asas ou pás?

E **sem** motor com combustível?

CIENTISTA

Cientista é toda pessoa que é **curiosa**. Quer sempre aprender mais.

Você é **curiosa**?
Você é **curioso**?

Você é uma/um cientista.

A Profa. Tetê tem certeza que você quer aprender sempre mais. **Você** é **curiosa/curioso**.

Vejamos algumas e alguns **cientistas**...

Alberto Santos Dumont

Menina que olha com **curiosidade**.

Oswaldo Cruz

Aristóteles

Cientista mais Importante

Você, **cientista do amanhã**, é o cientista mais importante. Você descobrirá as novas soluções para os problemas que temos em nosso dia a dia.

Sir Isaac Newton

Menino em avião de papel

Marie Curie

Albert Sabin

A nossa casa é o nosso laboratório!!!

Como cientistas, vamos responder à pergunta:

A gente consegue voar sem asas/pás e/ou sem motor com combustível?

Por que tudo cai no chão?

Aristóteles, um filósofo grego que nasceu em Estagira, na Macedônia.

Aristóteles nasceu, muitos, muitos e muitos anos antes de Jesus Cristo. Ele nasceu em 384 a.C..

384 a.C., quer dizer 384 anos antes do nascimento de Jesus Cristo.

Os filósofos gregos queriam entender tudo que acontece em torno de todos nós. Eles também mostraram que é muito importante os mestres passarem o que sabem para seus discípulos.

O/A mestre/professor(a) é o elo da cadeia que impede que o conhecimento se perca no tempo.

O/A discípulo(a)/aluno(a) de hoje é o/a mestre/professor(a) do amanhã.

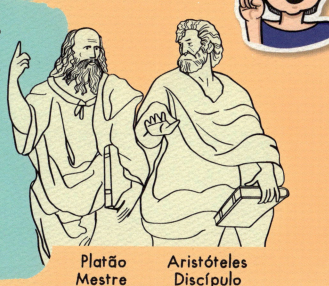

Platão — Mestre
Aristóteles — Discípulo

Voltamos à questão das pedras que caem e o que Aristóteles explicou sobre o **porquê** delas **sempre caírem** no chão.

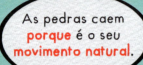

As pedras caem **porque** é o seu **movimento natural**.

Aristóteles Pensando

Será que para Aristóteles as pedras caem **porque** elas "**gostam**" de cair no chão? Você já caiu de uma árvore? Se a sua resposta é "sim", você gostou de cair da árvore? **Por que** a pedra vai gostar de cair no chão?!?

Será que Aristóteles estava certo? Não!!!

Precisamos fazer a **pergunta dos cientistas**:

por que as pedras caem?

Entre fazer a pergunta do cientista, "Por que?", e encontrar a resposta certa pode levar até 2.000 anos...

Muitos, muitos, ..., muitos séculos se passaram até que em **04 de janeiro de 1646, nasceu Sir Isaac Newton** na Inglaterra.

Sir Isaac Newton

Isaac Newton estudou no Trinity College, Cambridge, Inglaterra.

Ele foi um aluno tão bom que se tornou professor do Trinity College, na University of Cambridge.

Trinity College, Cambridge, 1690.

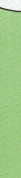

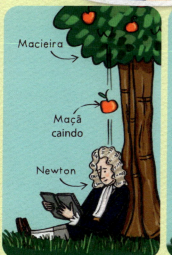

Você e eu somos **cientistas**.

Vamos fazer **experimentos** para saber **o que é força**.

Forças de contato: quando as pessoas e/ou coisas se tocam, ou seja,

Puxão

Empurrão

Nos abraçamos... A menina

O puxão que a menina sente nas costas dela é **a força** que o amiguinho dela faz **sobre ela** no abraço que lhe dá.

Para chamar a atenção de um amiguinho, às vezes o empurramos...

O **empurrão** na mochila é **a força** que o menino de calças compridas faz **sobre o menino de bermudas** quando o empurra.

Quando abraçamos ou empurramos uma pessoa ou objeto, estamos tocando nela/nele. **O puxão** ou **o empurrão** que ela/ele sente desse contato é **a força que fazemos sobre ela/ele**.

No estilingue, a força que o elástico faz sobre a bolinha de papel também é uma força de contato. Vejamos:

Bolinha de papel
Elástico

O elástico livre sobre a tampa da mesa não realiza nenhum empurrão ou puxão sobre a bolinha de papel que também está sobre a mesa.

Neste caso, o elástico não faz nenhuma força sobre a bolinha de papel que está sobre a mesa.

Montamos um estilingue com dois dedos, um elástico e uma bolinha de papel. Vejamos como fazê-lo:

A bolinha de papel sai voando porque o elástico empurra a parte da bolinha em contato com o elástico. O empurrão na bola é a força que o elástico faz sobre a bola.

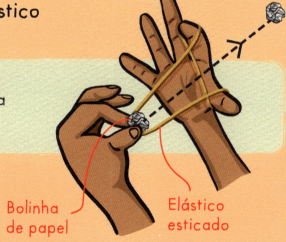

Bolinha de papel
Elástico esticado

Jovem cientista: faça seu estilingue usando um elástico e bolinhas de papel.

Podemos empurrar ou puxar uma pessoa ou um objeto sem tocá-la/lo?

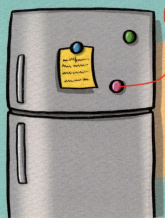

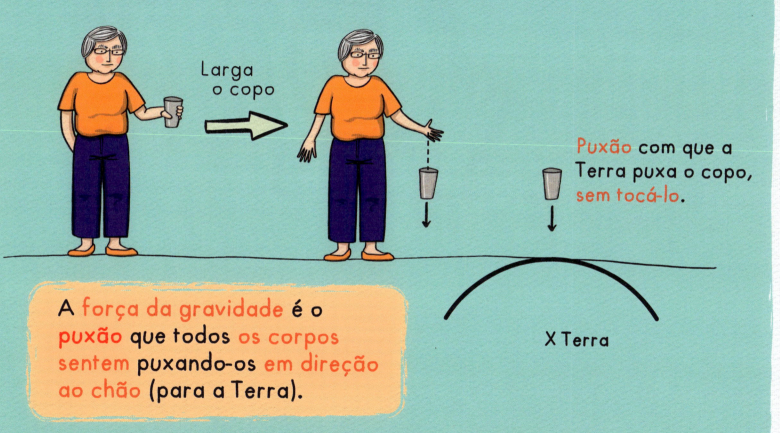

Qual a resposta para a nossa pergunta? Para a nossa Experiência?

A gente consegue voar sem asas/pás e/ou sem motor com combustível?

NÃO

Jovem Isaac Newton

A SuperProfa é só um desenho. Você não consegue voar só colocando uma capa. Cuidado!!!

Qual é a força que puxa tudo para o chão?

A força da gravidade!!!

Obrigada pela sua curiosidade, meus novos colegas cientistas!!!

Até a próxima história "Era uma vez ..."

Impresso na Prime Graph
em papel offset 90 g/m^2
fonte utilizada Futura HandWritten
julho / 2024